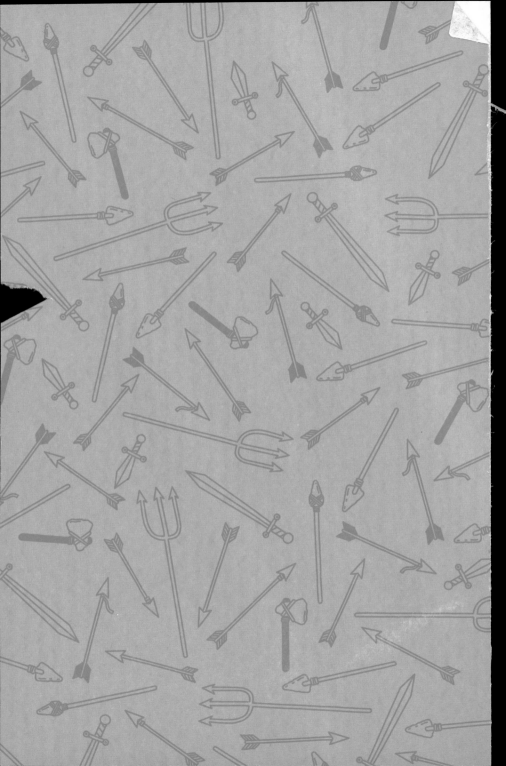

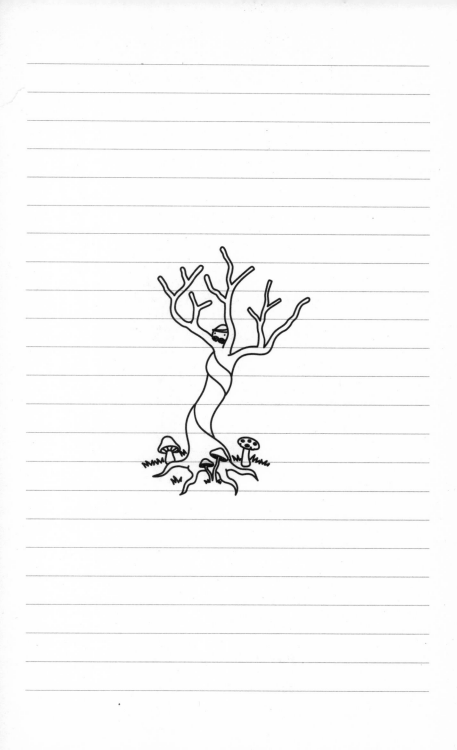

LIBROS DE JEFF KINNEY:

DIARIO DE ROWLEY

¡Un chico superamigable!

Una aventura superamigable

DIARIO de Greg

ROWLEY presenta

UNA AVENTURA SUPERAMIGABLE

de Jeff Kinney

RBA
LECTORUM

ROWLEY PRESENTA
UNA AVENTURA SUPERAMIGABLE

Originally published in English under the title
ROWLEY JEFFERSON'S AWSOME FRIENDLY ADVENTURE

Cover design by Jeff Kinney and Marcie Lawrence
Book design by Jeff Kinney

In this book, the author has intentionally left out some commas to lend
credibility to the character's lack of sophistication.

Lectorum ISBN: 978-1-63245-892-6
Legal deposit: B. 14.209-2020
Printed in Spain
10 9 8 7 6 5 4 3 2 1

CAPÍTULO 1

Érase una vez en un país muy lejano un niño que se llamaba Roland. Y Roland era muy buen chico.

En aquella época las escuelas todavía no existían y la mayoría de los niños trabajaban todo el día en las granjas de sus familias.

Pero los papás de Roland pensaban que era importante que su hijo recibiera una educación y aprendiera a tocar algún instrumento. Así que se pasaba los días sin salir a la calle, leyendo libros y practicando con una flauta.

A Roland no le gustaba demasiado tener que practicar con la flauta pero no se quejaba nunca porque quería ser un buen hijo.

Era una época peligrosa con ogros y gigantes rondando aquellas tierras. Por eso a los papás de Roland les gustaba que se quedara en casa sobre todo después de oscurecer.

ROLAND ES HORA DE ENTRAR EN CASA.

Roland nunca había salido de su aldea. Una de las cosas que más quería era vivir aventuras como su abuelo Abu el Bravo que combatía monstruos y buscaba tesoros escondidos en lugares remotos.

Pero Abu nunca fue el mismo después de volver de sus fantásticas aventuras. Y Roland sabía que eso se debía a que Abu no siempre llevaba el casco puesto y lo habían golpeado en la cabeza en demasiadas ocasiones.

Roland les prometió a sus papás que si se embarcaba en una aventura SIEMPRE llevaría un casco puesto y sería muy prudente. Pero ellos dijeron que estaría mucho más seguro si se quedaba en casa y practicaba con la flauta.

Así que lo único que Roland podía hacer era leer historias sobre su abuelo Abu el Bravo e imaginarse cómo sería poder vivir sus PROPIAS aventuras.

A veces Roland leía sobre los monstruos de las historias de Abu y se ASUSTABA y tenía que irse a dormir a la cama de sus papás durante unas cuantas noches. Pero seguro que a sus papás no les importaba porque lo querían mucho.

La mayor parte del tiempo el papá de Roland trabajaba en casa pero un par de veces al mes viajaba a otro pueblo a hacer negocios. Y el papá de Roland siempre le decía lo mismo cuando se marchaba.

Lo más probable es que ahora estén pensando «Qué libro tan aburrido». Pero tengan un poco de paciencia porque ahora empieza lo BUENO.

Una mañana en que el papá de Roland estaba en uno de sus viajes sucedió algo ASOMBROSO. Roland se despertó temprano para practicar con la flauta pero de golpe sintió mucho FRÍO en su habitación.

Y cuando se asomó a la ventana no podía creer que estuviera NEVANDO.

Ah sí tal vez debería haber mencionado que era pleno verano porque entonces estarían MÁS sorprendidos.

Roland corrió a la cocina para contarle a su mamá lo de la nieve pero no la encontró por NINGUNA PARTE.

Así que Roland salió para preguntar a su vecina la señora Picajosa dónde estaba su mamá porque la señora Picajosa era muy chismosa y siempre sabía lo que hacía todo el mundo.

Entonces fue cuando Roland recibió noticias realmente malas.

La señora Picajosa dijo que el Hechicero Blanco había venido a la aldea y había SECUESTRADO a la mamá de Roland. Y la había llevado a su Fortaleza de Hielo y la tenía PRISIONERA.

Ahora Roland estaba COMPLETAMENTE FUERA DE SÍ. A lo mejor se preguntarán «Entonces ¿por qué Roland no llamaba a su papá?».

Pero ¿saben qué? Aún no habían inventado el teléfono así que NO PODÍA hacerlo.

Además si Roland le mandaba una carta a su papá para contarle lo que había sucedido tardaría mucho tiempo en llegar porque por aquel entonces el correo era LENTÍSIMO.

Roland estaba muy preocupado por su mamá pero TAMBIÉN le preocupaba lo que su papá pudiera decirle al regresar a casa.

Roland decidió que lo único que PODÍA hacer era viajar a la Fortaleza de Hielo y rescatar a su mamá por su CUENTA.

Como Roland tenía la certeza de que el
viaje iba a ser peligroso bajó al sótano
y sacó la vieja armadura de Abu de un
baúl mohoso.

Y aunque Roland estaba un poco nervioso
a causa de los monstruos y triste por su mamá
secuestrada también estaba ENTUSIASMADO
porque estaba a punto de emprender su
primera AVENTURA.

Después de escribir el primer capítulo de mi libro se lo enseñé a mi mamá y me dijo que estaba orgullosa de mí por usar mi imaginación. Luego dijo que estaba impaciente por saber lo que sucedería DESPUÉS.

Todavía no se lo he enseñado a mi papá porque primero quiero TERMINARLO. Y cuando lo haya hecho le pediré que me lo lea a la hora de dormir. Pero fingiré que no sé qué va a ocurrir y así seguirá siendo algo ESPECIAL.

Me hacía mucha ilusión enseñarle el libro a mi
mejor amigo Greg Heffley porque le gustan
los cuentos con dragones y magos y esa
clase de cosas y suponía que él pensaría que
era muy genial.

Pero no podía saber si le había gustado
o no porque al principio no dijo mucho.

Le pregunté qué pensaba de la historia y él
me preguntó si quería su opinión sincera o
si prefería que me dijera lo que yo QUERÍA
oír. Le respondí que por supuesto quería su
opinión sincera.

Pero Greg me recordó que la ÚLTIMA vez que le pedí su opinión sincera lo metí en PROBLEMAS. Eso fue cuando le enseñé mi número de claqué después de asistir a la primera clase.

Greg me dijo que le parecía horrible y eso hirió mis sentimientos. Así que le conté a su mamá lo que había dicho y ella no se lo tomó bien.

Greg dijo que si él me daba su opinión sincera y eso hería mis sentimientos yo no tenía que contárselo a su mamá. Estuve DE ACUERDO e hicimos un juramento uniendo los meñiques.

Una vez hecho ese pacto Greg me contó todo lo que veía mal de mi historia. Y lo cierto es que tenía MUCHO que decir.

Lo primero que dijo es que no puedo comenzar el libro con «Érase una vez» porque es una cursilada y además suena a cuento de hadas. Fue un golpe bajo que hirió mis sentimientos porque SE SUPONE que es un cuento de hadas.

Luego Greg me dijo que no me ofendiera pero el personaje de Roland tiene un montón de problemas y el principal de ellos es su PELO.

Me aseguró que la melena que lleva Roland es el peor peinado que se puede llevar. Yo dije que si Roland lleva el pelo largo por detrás es para lucir mejor en las escenas de acción.

Y Greg dijo que Roland podría estrenar un corte de pelo al principio del capítulo 2.

Entonces Greg me dijo que no me ofendiera
pero Roland parecía un CRÍO y que no era
creíble que un chico de su edad durmiera en
la cama de sus papás.

Y entonces me sentí algo avergonzado
porque a veces duermo en la cama de mis
papás, sobre todo en las noches en que hay
tormentas con muchos truenos y relámpagos.

Hace tiempo que Greg me enseñó que si le
dices a alguien que no se ofenda ese alguien
no podrá molestarse por lo que le digas
DESPUÉS.

Pero creo que eso solo funciona con los chicos porque en una ocasión traté de usarlo con mi papá y le molestó mucho.

Greg dijo que el libro sería demasiado aburrido si solo hablaba sobre Roland y que necesitaba un COMPAÑERO. Dije que Roland podría tener un amigo del alma que fuera CON él y que se llamara Greg Heffley.

Pero él me dijo que su vida entera está protegida por los derechos de autor y que si yo usaba su nombre le tendría que pagar DINERO. Así que decidí inventarme otro compañero para Roland porque no quería tener problemas con Greg.

Greg dijo que no sabía si querría leer un libro sobre un muchacho que tiene que rescatar a su madre porque eso resulta un poco RARO. Así que le dije que podría sustituir a la mamá de Roland por una PRINCESA y que Roland la RESCATARA.

Pero Greg dijo que ahora las princesas son chicas duras que saben artes marciales y que no NECESITAN a nadie que las rescate.

Dijo que si yo escribía un libro sobre una princesa desvalida que necesita a un tipo que la salve sin duda iba a recibir miles de cartas de protesta.

Eso me preocupó porque no QUIERO recibir un montón de cartas de gente indignada. Pero Greg dijo que puedo poner la dirección de mis editores en la contraportada del libro y entonces todas las cartas de gente enojada les llegarán a ELLOS.

Dije que estaba escribiendo el libro solo para MÍ y que en realidad no me INTERESABA publicarlo. Pero Greg dijo que si iba a hacer todo ese trabajo también debería intentar rentabilizarlo.

Me contó que si mi libro llega a publicarse tendré que pensar en hacer películas y juguetes y camisetas y bañadores y TAMBIÉN mil cosas más. Y todo eso parecía complicado.

Greg añadió que me ofrecía un TRATO. Dijo que yo me centrara en la escritura y que él se ocuparía de lo DEMÁS. Luego nos repartiríamos los beneficios al cincuenta por ciento.

Me entusiasmó la idea porque eso significaba que Greg y yo íbamos a ser SOCIOS. Así que unimos nuestros meñiques otra vez para hacerlo OFICIAL.

CAPÍTULO 2

Aunque Roland se sentía muy valiente llevando la armadura de Abu el Bravo la verdad es que todavía le asustaba un poco abandonar la aldea él solo.

Así que Roland fue a ver si su amigo Garg el Bárbaro quería ir CON él.

Roland había conocido a Garg cuando ambos
eran críos y desde entonces habían sido

Como Garg era un bárbaro siempre destrozaba
cosas con sus músculos. Y por eso los papás
de Roland no permitían que Garg se quedara
a dormir en su casa.

Los papás de Garg no le hacían leer libros ni tocar la flauta así que Garg se dedicaba a hacer ejercicio en su garaje. Y a veces Roland entrenaba CON él.

Como Garg no leía muchos libros su vocabulario era muy limitado. Pero de todos modos Roland siempre le comprendía.

Roland le contó a Garg que el Hechicero Blanco había secuestrado a su mamá y que necesitaba ayuda para RESCATARLA. Y Garg ni siquiera pidió permiso a sus papás para marcharse porque a ellos no les importaba lo que hacía.

Pero antes de que Roland y Garg emprendieran su viaje tenían que ir a la tienda de la aldea y conseguir algunos SUMINISTROS.

Roland se gastó la mesada en montones de comida y antorchas y material de acampada. Después Garg escogió algunas cosas que ÉL quería llevar para el viaje.

Roland le pidió a Garg que contribuyera pero para variar Garg no tenía dinero.

El tipo de la tienda dijo que Garg necesitaría protección si iban a emprender un viaje peligroso pero Roland le explicó que Garg apenas llevaba ropa porque le gustaba mucho lucir músculo.

Roland empleó sus últimas monedas de oro para pagar un mapa del mundo que había fuera de la aldea. Y aunque Roland estaba nervioso por irse del pueblo donde había pasado toda su vida también estaba muy emocionado.

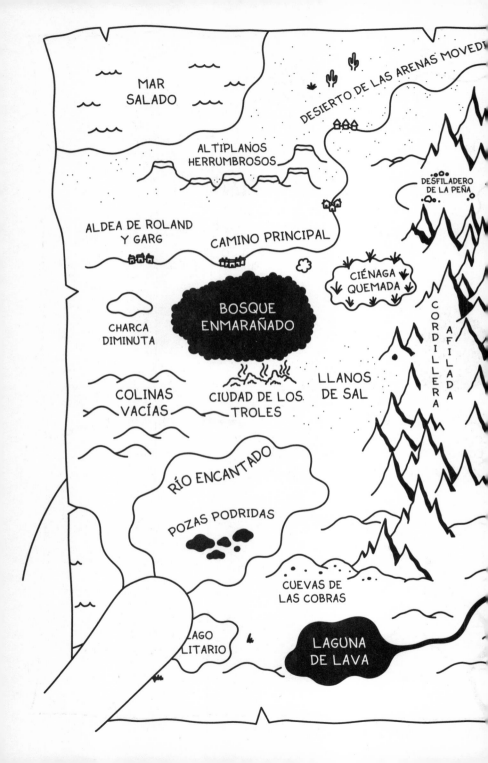

Tan pronto como terminé de escribir el capítulo 2 lo llevé a casa de Greg para que lo leyera. Me preocupaba un poco que no le gustara el mejor amigo de Roland pero le pareció que Garg era CHÉVERE.

Greg dijo que Garg daría para ser una fabulosa figura de acción que podría decir diferentes frases cuando le presionaras la cabeza.

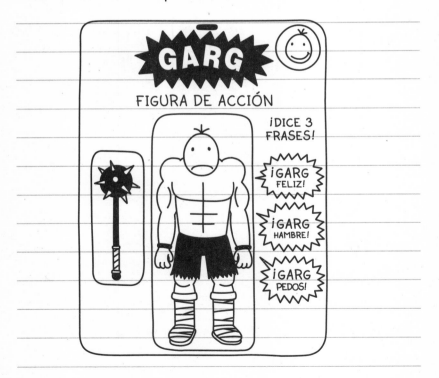

GARG

FIGURA DE ACCIÓN

¡DICE 3 FRASES!

¡GARG FELIZ!

¡GARG HAMBRE!

¡GARG PEDOS!

Entonces dije que Roland TAMBIÉN daba para una figurita de acción pero Greg opinó que nadie compraría un juguete de Roland porque es un chico normal y eso no aporta gran cosa.

Entonces respondí que Roland podría ser un joven MAGO que posee una varita mágica y pronuncia encantamientos. Pero Greg dijo que necesitaba una idea MEJOR porque nadie leería un libro sobre un chico que es mago.

Greg dijo que Roland tendría que ser
MUSCULOSO como Garg. Añadió que a los
chicos les gustaría Garg y que las chicas se
ENAMORARÍAN de él y colgarían pósteres
de Garg en sus dormitorios.

Luego Greg dijo que cuando hagan la
PELÍCULA tendrán que buscar culturistas
para las pruebas del papel de Garg.

Dije que las chicas también podrían colgar afiches de ROLAND en sus dormitorios. Y Greg dijo que eso sería cuando Roland llegara a la pubertad y le pusieran correctores dentales.

Greg me dijo que una vez que haya terminado este libro debería escribir una PRECUELA en la que Garg sea un BEBÉ. Y de ese modo venderíamos muñecos y haríamos millones de dólares.

Pero lo que MÁS entusiasmaba a Greg era el MAPA. Dijo que era genial que tuviera tantos ambientes porque así podríamos convencer a los chicos para comprar las mismas figuras de acción muchas veces.

GARG EN EL DESIERTO

GARG EN LA JUNGLA

GARG EN LA NIEVE

Y Greg dijo que podíamos vender todo tipo de juegos para las figuritas de acción porque ahí es donde REALMENTE se gana el dinero.

Dijo que el único problema del mapa es que no tiene mucho SENTIDO. Dijo que no puedo tener un desierto junto a un lugar cubierto de nieve porque las cosas no funcionan así en la vida real.

Añadió que tendría que corregir varias cosas como el río que hacía un recorrido CIRCULAR ya que eso es físicamente imposible.

Pero yo dije que era un río PEREZOSO
y además era MÁGICO. Y le dije que mi
historia es una FANTASÍA y que no TIENE
por qué tener sentido.

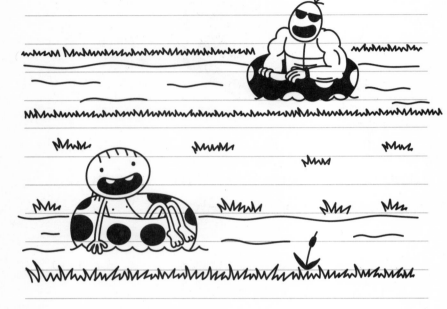

Greg dijo que si se supone que es una
fantasía entonces no puede haber lugares
REALES en el mapa como el Polo Norte.

Entonces yo contesté que había puesto el
Polo Norte ahí porque esperaba que Roland
y Garg pudieran visitar a Santa Claus en
su taller.

Greg dijo que si metía a Santa Claus en la historia iba a ABANDONAR el proyecto.

Después Greg me explicó que en realidad no le IMPORTABA lo que hubiera en el mapa mientras el próximo capítulo no sea de Garg y Roland yendo de COMPRAS. Y le respondí que no se preocupara porque la aventura DE VERDAD comenzaba ahora.

Pero con un poco de suerte Roland y Garg conocerán a Santa en algún momento del viaje porque eso sería chévere.

CAPÍTULO 3

Llegó el momento de que Roland y Garg dejaran atrás la aldea y comenzaran su aventura.

El primer día caminaron millas y más millas. Los pies de Garg eran tan fuertes como el cuero y por eso no le importaba caminar.

Pero los pies de Roland eran suaves y delicados porque apenas había salido de su casa y después de unas horas le salió una ampolla en el talón y Garg tuvo que cargar con él.

Aquella noche Garg y Roland montaron sus tiendas y se sentaron junto a una fogata.

Siempre que a Roland le salía una ampolla
o se le clavaba una astilla su mamá le
hacía mimitos. Y Roland se puso muy triste
pensando en su madre.

A la mañana siguiente Roland y Garg
llegaron a una aldea muy parecida a la suya.

Pero el camino estaba bloqueado por
pedruscos por culpa de una avalancha. Roland
y Garg se ofrecieron para ayudar a despejar
el camino y los aldeanos les dijeron «Pues vale».

Así que Garg y Roland se pasaron el resto del día retirando rocas pero eso no era tan fácil como Roland se creía.

Esa noche los aldeanos dieron a Roland y Garg comida caliente para cenar y camas blandas para dormir. Y a la mañana siguiente Roland y Garg empaquetaron sus cosas para reanudar el viaje.

Pero los aldeanos les dijeron a Roland y Garg que había algo MÁS para lo que necesitaban su ayuda antes de que se marcharan.

Los aldeanos dijeron que los establos estaban hechos un asco porque llevaban AÑOS sin que nadie los limpiara.

Así que les pidieron a Roland y a Garg si los podrían adecentar un poco. Y esa tarea tampoco era fácil.

Llevó mucho más tiempo de lo que Roland había esperado y cuando acabaron ya era de noche otra vez. Y Roland y Garg durmieron muy bien aquella noche porque toda la limpieza los había dejado totalmente agotados.

A la mañana siguiente los aldeanos tenían toda una LISTA de cosas por hacer. Y como a Roland le gustaba ser servicial él y Garg se quedaron otro día con ellos.

A veces los aldeanos les pedían a Roland y a Garg que hicieran tareas que Roland pensaba que ELLOS MISMOS habrían podido hacer sin problemas.

Pero cuando Roland se lo comentaba a los aldeanos ellos siempre le respondían lo mismo.

Incluso después de que Roland les ENSEÑARA cómo hacer algunas cosas SEGUÍAN sin pillarlo. Pero si están pensando «¡Madre mía! ¿Cómo pueden ser tan bobos estos aldeanos?» recuerden que por aquel entonces no existían las escuelas y que había un MONTÓN de cosas que la gente ignoraba.

Lo que de verdad quería Roland era marcharse a su casa pero se quedó ayudando en la aldea porque sabía que su mamá se sentiría muy orgullosa de él.

Este era mi capítulo favorito HASTA EL MOMENTO. Le dije a Greg que los papás tal vez quisieran leerles esta historia a sus HIJOS porque Roland era un modelo de conducta para los jóvenes.

Greg dijo que los chicos pensarían que Roland era un TONTO por hacerles el trabajo a los aldeanos EN LUGAR DE hacerlo ellos.

Dije que Roland no era un pobre ingenuo sino que le gustaba sentirse ÚTIL. Y Greg dijo que si Roland ayudaba a toda la gente con la que se cruzara el libro iba a tener más de mil páginas.

Le dije a Greg que Roland SIEMPRE ayuda a la gente que lo necesita porque así lo CRIARON sus papás.

Y Greg dijo que si Superman ayudara a todo el mundo que se lo PIDE no podría DESCANSAR.

Greg dijo que posiblemente Roland y Garg deberían dejar el camino principal durante algún tiempo para no encontrarse con más aldeanos que reclamaran su ayuda.

Dijo que se supone que este libro va a ser una AVENTURA pero hasta ahora solo han salido un par de tipos que no paran de TRABAJAR.

Entonces Greg dijo que si quería que esta historia fuera mínimamente TRAGABLE tendría que añadir algunos MONSTRUOS.

BRRRR
BRRRR

Dije que no entendía mucho de MONSTRUOS pero podría poner unicornios o hadas o elfos de los árboles.

Greg dijo que los elfos de los árboles NO EXISTEN pero yo estoy bastante seguro de que SÍ porque una vez mi papá y yo vimos uno durante una acampada en mi jardín.

Cuando le pregunté a Greg cómo estaba
tan SEGURO de que no existen los elfos
de los árboles respondió lo mismo que dice
SIEMPRE para ganar las discusiones.

Greg dijo que si pongo HADAS en la historia
entonces debería haber también TROLES
porque los troles se COMEN a las hadas.

Le respondí a Greg que eso era de mal gusto
pero él dijo que solo es el ciclo de la vida y que
tengo que madurar.

CAPÍTULO 4

Los aldeanos añadieron más cosas a su lista
de tareas para las que necesitaban ayuda
pero al cabo de una semana Roland les dijo
que de verdad que Garg y él tenían que
marcharse para salvar a su mamá.

Y los aldeanos dijeron DE ACUERDO pero después
de rescatar a la mamá de Roland es posible que
todos puedan REGRESAR y entonces TAMBIÉN
ella pueda ayudar. Así que Roland prometió que
se lo consultaría a su mamá después de salvarla
y se despidió de sus nuevos amigos.

Entonces Roland y Greg abandonaron la aldea
y siguieron adelante cortando camino por el
Bosque Enmarañado.

A Roland le preocupaba salirse del camino
principal y adentrarse en la espesura.
Los árboles del Bosque Enmarañado eran
siniestros y su oscuridad le daba mucho
miedo.

Roland sabía que tal vez no existían los elfos
de los árboles pero siguió buscándolos de
todas maneras.

Cuanto más se adentraban Roland y Garg
en el bosque más miedo tenía Roland. Pero
pronto llegaron a un claro y se encontraron
en una hermosa aldea de hadas encantadas.

Las hadas dieron la bienvenida a Garg y a Roland a su aldea y les llevaron tazones de sopa de setas silvestres. Y aunque en realidad a Roland no le gustaban las setas se tomó casi toda la sopa porque no quería quedar como un grosero.

Roland les dijo a las hadas que su aldea era preciosa y ellas contestaron que lo es porque vivimos en armonía con la naturaleza y no acumulamos basura por todas partes como hacen esos asquerosos troles.

Y cuando Roland dijo que no era AGRADABLE calificar a alguien de asqueroso las hadas respondieron sí bueno espera a CONOCERLOS.

Las hadas preguntaron a Roland y a Garg qué hacían en el bosque y Roland respondió que habían tomado un atajo para ir a rescatar a su mamá del Hechicero Blanco.

Entonces las hadas dijeron a Roland que lamentaban oír lo de su mamá pero que si Garg y él querían vencer al Hechicero Blanco iban a necesitar ARMAS.

Entonces Roland les dijo que en realidad no CREÍA en la violencia porque sus papás siempre le habían enseñado que si era amable con alguien sería CORRESPONDIDO. Y las hadas opinaron que eso era muy gracioso.

Cuando las hadas terminaron de reír dijeron eh chicos deberían llevar armas «por si acaso».

Entonces las hadas le llevaron a Garg un enorme garrote con pinchos para destrozar cosas.

Le dijeron a Roland que sabían dónde había una espada que le iría PERFECTA pero el problema era que estaba clavada en una ROCA.

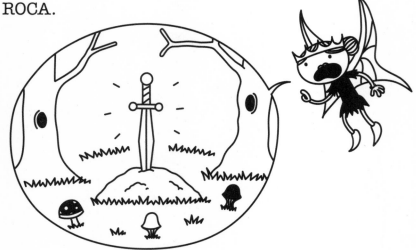

Así que condujeron a Roland y a Garg a lo más profundo del bosque para enseñársela.

Las hadas le dijeron a Roland que Abu el Bravo fue en una ocasión a esos bosques y hundió su espada en la roca. Y la leyenda decía que solo alguien con el corazón puro conseguiría EXTRAERLA.

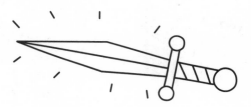

Garg intentó tirar de la espada para sacarla de la roca pero no se MOVIÓ ni siquiera con toda la fuerza de sus músculos.

Las hadas le dijeron a Roland que quizá ÉL debería intentarlo. Pero Roland pensaba que no lo conseguiría porque no era ni la MITAD de fuerte que Garg.

Roland decidió intentarlo DE TODOS MODOS. Y cuando agarró la espada esta salió de la roca con suma FACILIDAD.

Entonces Roland comprendió que eso significaba que tenía el corazón puro. Se sintió orgulloso porque era una prueba de que sus papás lo habían criado BIEN.

Cuando Greg leyó este capítulo se le ocurrieron unas cuantas cosas del asunto de la espada.

Greg dijo que era TOTALMENTE irreal que Roland lograra sacar la espada de la roca cuando Garg NO HABÍA PODIDO. Dijo que Garg la habría AFLOJADO y por eso Roland la sacó tan fácilmente.

Entonces le dije a Greg que la espada era MÁGICA y tenía toda una HISTORIA detrás. Le conté que la espada había sido forjada en el fuego del Monte Amistoso por un mago llamado Walter el Portentoso.

Greg me preguntó por el NOMBRE de la espada porque según él toda espada mágica necesita un nombre.

Así que le dije «Jeremy» porque fue lo primero que se me vino a la cabeza. Pero me habría gustado tomarme mi tiempo para inventar algo un poco MEJOR porque entonces tal vez Greg no se habría reído tanto.

Greg me preguntó cuáles eran los poderes mágicos de la espada y yo contesté que transformar a los tipos malvados en AMABLES. Lo encontró muy gracioso.

Greg sugirió que la espada podría hacer algo que fuera tan CHÉVERE como lanzar un montón de rayos por la punta.

Pero a mí me gustaba más mi idea porque era más ORIGINAL.

Greg dijo que si me preocupa ser original no puedo tener a Roland sacando una espada de una piedra porque ya hay una PELÍCULA sobre ese mismo tema.

Dije que no era una piedra sino una ROCA y Greg me dijo suerte cuando te demanden.

Después Greg dijo que por lo menos los personajes tienen algunas ARMAS porque así podemos hacerlas de JUGUETE.

Dije que no me parecía tan buena idea porque algún niño se podía hacer daño jugando con ellas y eso no les gustaría a sus papás. Pero Greg dijo que si fueran juguetes de gomaespuma los chicos podrían pegarse de lo lindo y a sus papás les daría IGUAL.

CAPÍTULO 5

Después de que Roland y Garg se despidieron de sus amigas las hadas estaba muy oscuro y apenas veían por dónde caminaban. Lo siguiente que supieron era que se estaban cayendo desde lo alto de una COLINA.

Cuando al fin llegaron abajo los rodearon los TROLES. Y Roland nunca lo diría en voz alta pero los troles eran realmente asquerosos.

Los troles condujeron a Roland y a Garg ante
su líder que estaba sentado en un gigantesco
trono hecho con un montón de BASURA.
Roland pensó que él y Garg iban a terminar
formando parte de un ESTOFADO.

Pero el rey de los troles era una persona muy
AGRADABLE. Se disculpó por la suciedad del lugar
pero dijo que de verdad no era CULPA de ellos.

El rey trol les dijo a Roland y a Garg que todas
las noches las hadas arrojaban su basura colina
abajo y entonces acababa toda en la ciudad de los
troles.

Contó que los troles estaban tan sucios
porque se pasaban todo el tiempo tratando
de limpiar la BASURA de las hadas. Con el
agravante de que los troles tampoco creían
que bañarse sirviera de nada.

Entonces el rey de los troles dijo que las hadas alardeaban de vivir en armonía con la naturaleza pero en realidad eran un puñado de FARSANTES que vertían su basura encima del PRÓJIMO.

Si había una cosa que a Roland no le gustaba era ENSUCIAR con basura. Así que regresó colina arriba acompañado por algunos troles para hablar con las hadas.

A las hadas no les gustó ver troles en su aldea encantada y no hicieron el MENOR esfuerzo para disimularlo.

Roland les dijo a las hadas que tenían que dejar de verter basura sobre la ciudad de los troles porque eso de ensuciar está muy MAL.

Pero las hadas respondieron que SI VERTÍAN basura en la ciudad de los troles era para defenderse de ellos porque siempre las estaban acechando colina arriba y se las COMÍAN.

Y cuando Roland le preguntó al rey de los troles si eso era VERDAD él lo admitió porque los troles no podían EVITAR comerse a las hadas porque estaban DELICIOSAS.

Así que a Roland se le ocurrió una idea para que hubiera PAZ entre los troles y las hadas. Dijo que si los troles prometían no devorar a más hadas entonces estas dejarían de verter su basura sobre la ciudad de los troles.

El rey de los troles y la líder de las hadas pensaron que eso era justo así que juntaron sus meñiques para hacerlo oficial.

Entonces Roland enseñó a todo el mundo cómo deshacerse CORRECTAMENTE de la basura y por fin se hizo la paz en el Bosque Enmarañado.

Greg dijo que le encantaba que por fin hubiera algunos MONSTRUOS en el libro pero no le entusiasmaba lo de reciclar la basura. Dijo que los chicos de hoy en día no quieren libros con MENSAJES subliminales así que a lo mejor había que cortar esa parte.

Pero yo dije que quería incluir un MONTÓN de mensajes en la historia como «no al acoso» y «salvemos el planeta» y «creamos en la magia de la Navidad». Pero Greg dijo que los chicos no quieren que les den lecciones sino ACCIÓN.

Greg dijo que iba a reescribir el último capítulo para que hubiera una BATALLA entre los troles y las hadas que luego se podía usar en un VIDEOJUEGO.

Pero mis papás no me permiten los videojuegos violentos así que dije que podríamos hacer algo que ellos sí APROBARÍAN.

Greg dijo de acuerdo olvídate de los
troles y las hadas y hablemos de los
PRÓXIMOS monstruos que Roland
y Garg se van a encontrar. Y sacó de su
estantería un enorme libro de mitología
antigua y decidimos mirarlo juntos.

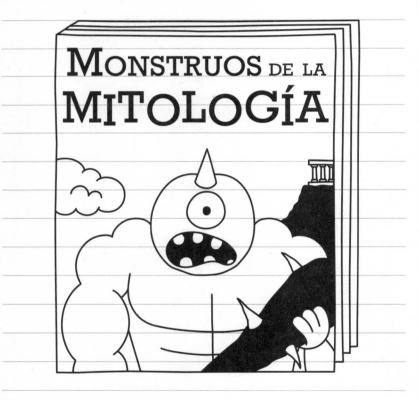

Le dije a Greg que no podíamos usar ningún
monstruo de aquel libro porque estaríamos
plagiándole ideas a alguien.

Pero Greg dijo que la gente que inventó estos monstruos lleva muerta mucho tiempo así que ahora CUALQUIERA los puede utilizar. Luego me dijo que hay muchos OTROS personajes casi olvidados que TAMBIÉN podríamos utilizar.

Así que mi siguiente capítulo incluirá un PUÑADO de monstruos y de nuevos personajes. Pero espero que Greg no me haya tomado el pelo con esto porque no me gustaría que me DEMANDEN.

CAPÍTULO 6

Tras abandonar el Bosque Enmarañado, Roland y Garg se dirigieron hacia el este a través de los Llanos de Sal. Como allí no les sucedió nada emocionante demos un saltito hasta cuando llegaron a la Cordillera Afilada.

Las montañas eran demasiado escarpadas como para trepar por ellas así que Roland y Garg se encaminaron hacia el norte en dirección al Desfiladero de la Peña. Pero no llegaron muy lejos porque se produjo una terrible tormenta y tuvieron que buscar REFUGIO. Por suerte había una cueva allí cerca y decidieron esperar dentro a que escampara.

La caverna estaba oscura así que Roland encendió una antorcha. Y entonces se topó de narices con un MINOTAURO.

Pero si están pensando «Ay ay el Minotauro se va a merendar a Roland» tienen que saber que están EQUIVOCADOS. Tan solo se trataba de la ESTATUA de un minotauro.

Cuando los ojos de Roland se acostumbraron a la luz de la antorcha pudo ver que había MUCHAS estatuas dentro de la cueva.

Roland no las reconoció todas pero sí reconoció unas CUANTAS como Huckleberry Finn y el León Cobarde e incluso Thor el Dios del Trueno.

Roland pensó que a lo mejor era un MUSEO
y no tocaron nada. Pero Garg solo quería
estrenar su nuevo garrote y las estatuas le
dieron un buen pretexto.

Roland no aprobaba esa conducta porque creaba
basura y ya saben qué opina él acerca de esas
cosas desde el capítulo ANTERIOR.

Garg estaba a punto de destrozar otra estatua
de un tipo que llevaba una lupa y una pipa
pero de pronto la estatua COBRÓ VIDA.
Entonces Roland se percató de que no se
trataba de una estatua.

¡Era el famoso detective SHERLOCK HOLMES!

Roland le preguntó a Sherlock Holmes qué hacía en esa cueva. Y Sherlock Holmes respondió que trataba de resolver el misterio de por qué tanta gente había desaparecido en la Cordillera Afilada y las pistas lo habían conducido hasta ALLÍ.

Roland le preguntó a Sherlock Holmes si había conseguido solucionar el misterio y él respondió sí claro todos los desaparecidos fueron convertidos en estatuas por la mirada de MEDUSA.

Esto le puso a Roland los pelos de punta y le dijo a Garg que deberían IRSE de allí. Pero Sherlock Holmes dijo que permanecieran totalmente inmóviles porque Medusa estaba saliendo de la ducha justo en ese MOMENTO.

Así que Roland y Garg y Sherlock Holmes actuaron como estatuas y cerraron los ojos cuando Medusa pasó culebreando cerca de ellos.

Pero Garg debió de sentir curiosidad porque ABRIÓ un ojo antes de que Medusa se metiera en su dormitorio y se transformó en una estatua.

Sherlock Holmes le dijo a Roland que deberían ESCONDERSE antes de que ella regresara así que se deslizaron a hurtadillas en el baño de Medusa y cerraron la puerta detrás de ellos.

Pero Roland habría PREFERIDO que hubieran alcanzado la entrada de la cueva porque ahora estaban ATRAPADOS.

Sherlock Holmes comenzó a usar sus dotes detectivescas para sacarlos de ese embrollo y por supuesto encontró una PISTA. Dijo que Medusa no tenía ESPEJO en el baño y eso significaba que no podía mirar su propio reflejo porque en tal caso se CONVERTIRÍA en una estatua.

Sherlock Holmes dijo que todo lo que necesitaban encontrar era un espejo. Roland recordó que Garg siempre llevaba uno CON él porque le gustaba contemplar sus músculos en cuanto tenía ocasión.

Así que Roland volvió por donde había venido y buscó el espejo en la bolsa de Garg.

Pero Roland hacía demasiado ruido al revolver entre las cosas que había en la bolsa y Medusa salió de su dormitorio para ver qué pasaba.

Cuando Roland encontró lo que estaba buscando apuntó con el espejo hacia Medusa. Pero a lo mejor ella ya había visto ANTES ese truco porque reflejó su imagen NUEVAMENTE con un escudo metálico.

Justo en ese momento Sherlock Holmes salió del cuarto de baño para ver por qué Roland tardaba tanto. Y así fue como el mejor detective del mundo acabó convertido en PIEDRA.

Roland sabía que si abría los ojos sería el SIGUIENTE. Así que cuando Medusa trató de engañarlo, Roland cerró los ojos con FUERZA.

Entonces Medusa fingió marcharse de la habitación pero Roland sabía que seguía allí porque oía las SERPIENTES de su pelo.

Roland no podía tener los ojos cerrados para SIEMPRE así que trató de imaginar cómo saldría su amigo Sherlock Holmes de aquel apuro. Roland pensó en las serpientes coléricas del pelo de Medusa y entonces se le ocurrió una IDEA.

Roland le dijo a Medusa que sus serpientes estaban tan REVUELTAS porque usaba un champú demasiado agresivo que les causaba ardor en los OJOS. Y entonces Roland le dijo a Medusa que tenía un frasquito de un champú SUAVE en su bolsa y que si ella lo usaba para lavarse el pelo tal vez las serpientes se calmarían.

Medusa pensó que se trataba de un TRUCO
pero Roland le dijo que sus papás lo habían
criado muy bien y que nunca decía mentiras.

Así que Medusa cogió el champú de la bolsa
de Roland y se dio la segunda ducha del día.
Y cuando Medusa salió del baño parecía estar
muy alegre y le dijo a Roland que podía abrir
los ojos sin miedo porque se había puesto unas
gafas de sol.

Roland no estaba seguro de cómo los papás de
Medusa LA habían criado y sospechó que se
trataba de otro truco. Pero Roland ya no oía el
siseo de las serpientes así que decidió confiar
en ella esta vez.

Medusa le preguntó a Roland si AHORA estaba guapa. Pero Roland recordó que su mamá le había dicho que si no tienes nada AGRADABLE que decir lo mejor es que guardes silencio.

Así que eso hizo.

TAP
TAP TAP

Greg dijo que era una GRAN idea haber metido todos esos personajes de los libros clásicos porque los bibliotecarios se ENLOQUECÍAN con ese material. Luego dijo que si sustituyéramos a Roland por un personaje que la gente CONOCIERA venderíamos muchos más libros.

Greg se alegró de tener un personaje como Medusa porque todos sabrían quién era ELLA.

Y dijo que podríamos vender un juguete de
PEINADOS para chicas.

Y yo dije que los chicos también podrían
disfrutar con él si les gustara esa clase de juegos.

Lo único que inquietaba a Greg era que
Sherlock Holmes llevaba una PIPA porque
decía que los adultos son muy susceptibles
con esas cosas y a lo mejor no vendían
el libro en las ferias escolares.

Pero yo le dije que la pipa solo era una parte
del atuendo de detective de Sherlock Holmes
y que no tenía nada DENTRO. Y Greg dijo
que entonces no teníamos nada que temer.

CAPÍTULO 7

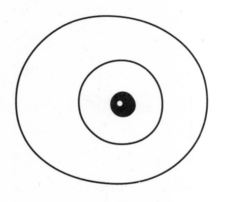

Medusa le dio las gracias a Roland por el champú y le dijo que era libre para marcharse. Pero Roland sabía que no podía irse sin su mejor amigo Garg y su NUEVO amigo Sherlock Holmes.

Roland le preguntó a Medusa si ella les podría devolver a su estado normal pero ella dijo que solo un MAGO podía hacerlo. Y el único que conocía era el Mago Tuerto que vivía en la Ciénaga Quemada.

Así que Roland abandonó la cueva de Medusa en busca del Mago Tuerto. Aunque Roland estaba asustado de estar solo por primera vez trató de ser valiente motivado por el recuerdo de su mamá.

La Ciénaga Quemada era incluso más espantosa de lo que había imaginado y se PERDIÓ por completo. Pero entonces Roland divisó una luz que procedía de una choza dentro del pantano y se dirigió hacia ella.

Como era de esperar la choza pertenecía al Mago Tuerto quien le dijo a Roland que pasara y tomara asiento.

Aunque los papás de Roland le habían enseñado a no hablar con desconocidos supuso que le permitirían hacer una excepción.

El Mago Tuerto le explicó que había estado mucho tiempo observando a Roland a través de su bola de cristal y lo sabía absolutamente todo sobre su mamá y el Hechicero Blanco y la temible Medusa y Garg el Bárbaro e incluso Sherlock Holmes.

Y aunque a Roland le daba mala espina que aquel tipo llevara tanto tiempo vigilando todo lo que él hacía, sentía cierto alivio por no tener que contarle al Mago Tuerto toda la historia desde el principio.

El mago dijo que el Hechicero Blanco quería hacer un invierno ETERNO y que había secuestrado a la mamá de Roland para convertirla en su REINA.

Roland dijo que el Hechicero Blanco NO PODÍA convertir a su mamá en su reina porque ella ya estaba casada con su PAPÁ. Pero el Mago Tuerto dijo que al Hechicero Blanco le bastaba con chasquear los dedos para que su mamá olvidara toda su vida anterior.

Luego le dijo a Roland la PEOR parte. Le dijo que él sería el HIJO ADOPTIVO del Hechicero Blanco y que jugaría a la pelota con él y lo llamaría «Papá».

Pero el Mago Tuerto dijo que todavía estaba
a tiempo de salvar a su mamá porque el
Hechicero Blanco no podía convertirla en su
reina hasta que la luna estuviera en cuarto
creciente. Y todavía faltaban diez días para eso.

El Mago Tuerto dijo que la Fortaleza de Hielo
estaba protegida por un muro que tenía veinte
pies de grosor y treinta de altura. Y nadie había
logrado ATRAVESARLO todavía.

Pero Roland conocía a un tipo a quien se le daba
bien destrozar cosas. Pero en ese momento era
una estatua en la cueva de Medusa.

Greg dijo que este nuevo capítulo era muy aburrido porque básicamente eran dos tipos hablando en un pantano.

Pero cuando dije que podría añadir algo más de ACCIÓN respondió que no lo cambiara porque esta será la escena de la película en la que todo el mundo se levante para ir al baño y comprar más palomitas y refrescos.

SALIDA

Luego añadió que el.MAYOR problema es que hay DEMASIADOS personajes masculinos en la historia. Dije que MEDUSA es una chica pero Greg respondió que en realidad ella no cuenta porque se trata de un MONSTRUO.

Dijo que tengo que poner personajes femeninos NORMALES para darles a las chicas un motivo para ir a ver la PELÍCULA. Porque SI NO, solo ganaremos la MITAD de dinero.

El otro comentario importante de Greg era que lo del «invierno sin fin» ya se había usado en millones de historias y tenía que cambiarlo por alguna OTRA cosa.

Dije que el Hechicero Blanco podría hacer una PRIMAVERA eterna. Pero Greg respondió que es la peor idea que ha oído jamás porque a todo el mundo le GUSTA la primavera.

Así que supongo que me limitaré a dejarlo en invierno a menos que se me ocurra otra estación que todo el mundo ODIE.

CAPÍTULO 8

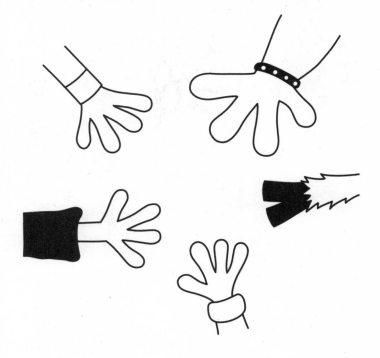

Cuando Roland y el Mago Tuerto llegaron a la cueva de Medusa ella no estaba allí. Pero había dejado una nota diciendo que se había ido a Nueva York para ser modelo.

Roland le enseñó al Mago Tuerto la estatua de Garg el Bárbaro y el mago utilizó su varita mágica para convertirlo en un bárbaro normal y corriente.

El Mago Tuerto también devolvió a Sherlock Holmes a la normalidad. Y luego el mago se vino arriba y descongeló a todos los DEMÁS.

101

Y cuando Roland vio qué FÁCIL le resultaba
al mago devolver a todo el mundo a la
normalidad se sintió un poco mal por las
estatuas que Garg había destruido.

La mayor parte de las criaturas se apresuraron
a salir de la cueva por si a Medusa no le salía
bien lo de hacerse modelo y decidía REGRESAR.

Pero unos pocos se quedaron porque deseaban
darle las gracias a Roland por salvarlos y
escuchar cómo HABÍA LLEGADO hasta allí.

Así que Roland les habló de su mamá y del
Hechicero Blanco y del asunto del invierno
eterno.

La chica elfa dijo que ella iría CON Roland para
ayudarlo a rescatar a su mamá. Y todos los
DEMÁS dijeron que TAMBIÉN se apuntaban.

Y eso hizo feliz a Roland porque sabía que su mamá estaría orgullosa de él por hacer tantos amigos nuevos.

Greg dijo que era otro capítulo aburrido porque la mayor parte era diálogo. Pero lo que le HABÍA gustado eran todos los nuevos PERSONAJES.

Dijo que es realmente importante tener muchos personajes para que cuando se estrene la película puedas hacer un afiche para cada uno.

Y añadió que podíamos hacer figuritas de
plástico de todos los personajes y distribuirlas
en los menús infantiles que venden en los
restaurantes de comida rápida.

ESA idea no me gustó porque no quiero animar
a los niños a consumir comida basura. Pero
Greg dijo que los niños siempre podían cambiar
las papas fritas por rodajas de manzana y eso
me hizo sentirme un poco mejor.

También dije que no quiero soltar un montón de
basura de plástico por el mundo porque todo eso
es nocivo para el PLANETA.

Pero Greg dijo que podíamos hacer los
juguetes de plástico BIODEGRADABLE para
que quedaran hechos papilla muy rápido.
Y eso también me hizo sentir un poco mejor.

A Greg le encantó la chica elfa llamada
Shae'Vana. Dijo que las chicas pensarían
que era chévere y todas querrían vestirse
como ella en Halloween.

Greg dijo que Shae'Vana debería tener un TALENTO especial y que podría ser una LADRONA. Dije que robar está MAL pero Greg respondió que está bien si es su trabajo. Y supongo que hasta cierto punto tiene sentido.

Pero a Greg no le entusiasmaron algunos de los DEMÁS personajes de este capítulo. Dijo que debería descartar al extraterrestre porque en teoría este libro es de FANTASÍA y no de ciencia ficción.

Y a Greg tampoco le gustó la mezcla de hombre y vaca que se llama Stephen.

Greg dijo que si yo estaba tratando de dibujar un CENTAURO debía saber que sería mitad hombre y mitad CABALLO. Respondí que estaba seguro de que los centauros también pueden ser vacas y él dijo sí claro pero todas las vacas son CHICAS así que si Stephen quería conservar la mitad vaca no debería llevar bigote.

Dije que todo se estaba complicando mucho así que tal vez prescinda también de Stephen. Pero Greg propuso CONSERVARLO porque esas ubres resultarán útiles cuando pongamos en marcha la franquicia de comida rápida.

CAPÍTULO 9

Roland y su grupo se adentraron en el
Desfiladero de la Peña porque era un atajo
para cruzar la Cordillera Afilada. Allí los
atacaron unos ogros que arrojaron grandes
piedras sobre ellos. Roland se alegró de
haberse acordado de llevar puesto el casco.

Todos pensaron que los iban a aplastar
los pedruscos pero entonces el Mago
Tuerto generó una mano enorme para
PROTEGERLOS.

Una vez despejado el Desfiladero de la Peña el
grupo se puso tan contento por haber sobrevivido
que se tomó un descanso para FESTEJARLO
con leche fresca. Y todos coincidieron en
que sabía MUCHO mejor que los refrescos
azucarados.

Pero cantaron victoria demasiado PRONTO porque poco después unas ÁGUILAS gigantes los levantaron del suelo.

Al principio Roland pensó que sería DIVERTIDO colgar tan alto en el aire. Pero después comprendió que las águilas gigantes los querían para alimentar a sus CRÍAS.

Por suerte Shae'Vana era realmente buena con su ARCO y SALVÓ a todo el mundo. Y la mano mágica los recogió a todos y los depositó a salvo abajo en el suelo.

Así que ahora todos llamaron «la Zurda» a la mano mágica y le chocaron los puños y los cinco para darle las gracias.

Y eso hizo a la Zurda sentirse bien.

Todos pensaron que era demasiado peligroso
permanecer en campo abierto así que decidieron
cortar camino por las Minas de Murlak.
Pero una vez estuvieron todos dentro de
los túneles, Garg golpeó con la cabeza una
estalactita y eso provocó un DERRUMBE.

Así que ahora estaban ATRAPADOS y la única manera de SALIR era atravesar las minas hasta alcanzar el otro LADO.

Después de caminar largo tiempo por los túneles oscuros Roland y su grupo llegaron a un lago subterráneo gigante. Al principio pensaron que se habían quedado totalmente VARADOS porque la mitad de ellos no sabían NADAR.

Pero el lago no era muy profundo así que lo pudieron vadear. Y cuando alcanzaron la otra orilla descubrieron que estaban cubiertos de REPUGNANTES SANGUIJUELAS.

Roland estaba muy alterado porque en cierto campamento de verano se le pegó una sanguijuela en un sitio embarazoso y su mamá tuvo que ir a buscarlo y llevárselo a casa dos días antes de lo previsto.

Por suerte esta vez no fue un gran problema porque el Mago Tuerto eliminó todas las sanguijuelas fulminándolas con su varita mágica.

Pero la varita era muy ruidosa y ahora el grupo tenía un NUEVO problema porque estaban totalmente rodeados por unas criaturas de OJOS ENORMES.

Todos se tranquilizaron cuando las criaturas quedaron expuestas a la luz y resultó que solo se trataba de ENANOS.

Los enanos estaban muy ENOJADOS. Creían
que el grupo de Roland estaba allí para robar sus
PIEDRAS PRECIOSAS. Así que Roland y sus amigos
se montaron en las vagonetas para escapar.

Luego las vías se TERMINARON de repente
y Roland y sus amigos salieron volando a
través de la oscuridad. Entonces rompieron
un MURO y aterrizaron sobre el suelo del
exterior.

Los ojos de los enanos no estaban acostumbrados a la luz del sol así que se quedaron detrás amparados en la oscuridad de las minas y gritando insultos y palabrotas a Roland y a sus amigos.

Pero Roland dijo a su grupo que no hicieran CASO de los enanos porque solo los estaban PROVOCANDO y los provocadores solo buscan una REACCIÓN.

Y todos estuvieron de acuerdo en que era un buen consejo.

A Greg no le entusiasmó el mensaje contra el acoso pero le ENCANTÓ lo de los vagones. Dijo que podríamos reproducirlo en una atracción de un parque temático y vender las fotos de recuerdo a treinta dólares cada una.

Greg dijo que la historia no era lo suficientemente CHISTOSA porque todas las buenas historias necesitan montones de carcajadas y esta tenía cero.

Le dije que podría añadir algunos chistes de toc-toc en el próximo capítulo pero Greg dijo que esos chistes son la forma más baja de comedia.

Respondí que la gente SIEMPRE se ríe con mis chistes de toc-toc y él dijo pero solo es porque son EDUCADOS.

Así que le pregunté QUÉ es lo que la gente encuentra chistoso y Greg dijo que el humor corporal como los pedos y eructos y cosas así. Pero esas cosas no ME hacen gracia.

Una de las reglas en mi casa es que no puedes decir «pedo», sino que tienes que decir «ventosidad». Otra regla es que no puedes tener ventosidades durante las comidas.

POR FAVOR ¿ME PERDONAN SI VOY UN MOMENTO A LA SALA?

SÍ ROWLEY ESTÁS PERDONADO.

Greg dijo que si vas a escribir un libro TIENES que ponerle algo de lenguaje grosero o de lo contrario los chicos no lo COMPRARÁN. Dijo que si fuéramos inteligentes DE VERDAD pondríamos alguna barbaridad en la PORTADA.

Entonces Greg dijo que había tenido una IDEA incluso MEJOR. Dijo que hoy en día muchos libros vienen con un extra como hojas de pegatinas o miniafiches.

Así que dijo que podíamos hacer una hoja
de pegatinas con un montón de motivos
groseros para que los chicos puedan añadir su
PROPIO humor corporal donde QUIERAN.

Greg dijo que deberíamos introducir montones de humor BUFONESCO porque a los chicos también les entusiasma eso.

Después me contó una idea en la que el grupo le gasta una broma al Mago Tuerto ocultando su ojo de cristal encima de un muro. Pero a MÍ eso ME parecía más bien una especie de ACOSO.

Greg me dijo que OTRA cosa que falta en la historia es un ROMANCE. Dijo que TODOS los buenos libros tienen una historia de amor y que sería mejor que añadiéramos una al NUESTRO.

Dijo que Garg y Shae'Vana harían una buena pareja porque la elfa se sentiría atraída por los MÚSCULOS de Garg.

Y yo dije que puede que a Shae'Vana le guste ROLAND porque es sensible y tiene una sonrisa simpática.

Pero Greg dijo que Roland está muy ocupado
con su flauta como para interesarse en chicas
y que mejor decantarnos por Garg.

Yo dije tal vez no TENGAMOS que poner
un romance en la historia porque está muy
bien que los chicos y las chicas solo sean
AMIGOS. Pero entonces Greg dijo que una
idea MEJOR sería hacer que Roland y Garg
COMPITAN por Shae'Vana.

Yo no creo que sea bueno para los dos
amigos pelearse por una chica así que si va
a haber un romance tendrá que ser con
alguien NUEVO.

CAPÍTULO 10

Todos estaban muy cansados tras un día repleto de aventuras. Nadie quería acampar al aire libre esa noche porque les preocupaba que algunos monstruos pudieran aparecer y devorarlos mientras dormían.

El Mago Tuerto dijo que había oído hablar de un viejo castillo muy cercano en el que no vivía nadie y tal vez podrían dormir ALLÍ.

Todos pensaron que se trataba de una buena idea pero a Roland le pareció un poco SINIESTRO.

Pero resulta que el castillo no estaba abandonado ni mucho MENOS. Había una luz en la torre más alta y todos coincidieron en que alguien debería INVESTIGAR.

Shae'Vana se ofreció voluntaria y Roland decidió que iría CON ella. Y cuando llegaron al pie de la torre más alta Shae'Vana ató una cuerda a una flecha y la disparó hasta el alféizar de la ventana.

Shae'Vana trepó por la cuerda y Roland la
siguió DESPUÉS. Y por primera vez Roland
notó que ella olía como las rosas después
de una tormenta de primavera.

Pensó que a lo mejor Shae'Vana usaba el
mismo perfume que su MAMÁ y estaba a
punto de preguntarle al respecto. Pero para
entonces ya habían llegado a la ventana.

Roland y Shae'Vana tuvieron que apretarse
mucho para ver algo a través de la abertura.
Y eso que hizo Roland sintiera una dulce
calidez.

Pero Shae'Vana no pareció notarlo porque centraba toda su atención en lo que había en la ESTANCIA.

Había un joven sentado en una cama. Al principio Roland pensó que solo era una persona con los dientes puntiagudos. Pero luego comprendió que aquel muchacho era un VAMPIRO.

Roland estaba a punto de decirle a Shae'Vana que debían SALIR de allí pero ella ya se había encaramado sobre el alféizar de la ventana y había entrado en la habitación. Y aunque Roland pensó que era una mala idea SIGUIÓ a su compañera.

El vampiro apenas levantó la mirada hacia Shae'Vana y Roland. Pero cuando finalmente les prestó atención les dijo que era la primera visita que recibía en trescientos AÑOS.

El vampiro dijo que se llamaba Christoph y que lo había mordido un murciélago vampiro cuando era adolescente. Y que todos sus seres amados envejecieron y murieron mientras él tiene que permanecer con el mismo aspecto para siempre.

Christoph dijo que al fallecer sus papás se había recluido en aquella torre para no morder a ningún alma viviente.

Dijo que había planeado quedarse en la torre PARA SIEMPRE. Y a Roland le pareció un plan FABULOSO.

Cuando Christoph terminó de contar su historia, Shae'Vana le preguntó si deseaba ACOMPAÑARLOS en su misión. Y antes de que Roland pudiera decir nada el vampiro ya estaba haciendo el equipaje para irse con ellos.

A Roland le habría encantado que Shae'Vana le consultara si estaba de acuerdo con llevar a aquel tipo ANTES de invitarlo porque en cierto modo Roland era el líder del grupo. Pero era un chico amable así que no dijo nada.

Los tres descendieron por la cuerda y
Shae'Vana presentó a Christoph a todo el
grupo. Y entonces el vampiro dijo que debía
mencionar algo antes de que se pusieran
todos en marcha.

Dijo que solo podría viajar por la NOCHE
porque los vampiros se convierten en ceniza
si se exponen a la LUZ DEL SOL.

Pero Shae'Vana dijo que eso no sería un
problema porque ellos podían dormir durante
el DÍA y viajar después del atardecer.

Y todos estuvieron de acuerdo con esto.*

* Excepto Roland.

Greg dijo que lo del vampiro era una GRAN idea porque los adolescentes sienten debilidad por los romances sobrenaturales y así ampliábamos la franja de edad de nuestro público potencial.

Dijo que las chicas se enamorarían del vampiro y que los chicos desearían SER como él. Y añadió que ya tenía ideas para vender perfumes y colonias y cosas así.

Dije que a lo mejor Roland TAMBIÉN podría
tener su propia colonia. Pero Greg dijo que el
vampiro es un chico MALO y que Roland
es un BUEN chico así que no es lo mismo.

A Greg le gustó la idea de la «maldición» pero
la verdad es que yo la había sacado de ÉL.

Hace unas cuantas semanas Greg se enojó
mucho conmigo porque no quise compartir
mi chicle con él y dijo que me iba a echar
un mal de ojo. Y también dijo que me
sucederían cosas realmente MALAS por
culpa de su MALDICIÓN.

Así que le conté a la mamá de Greg lo que él había
hecho y ella lo obligó a DESHACER la maldición.

Pero seguro que Greg solo FINGIÓ que deshacía el mal de ojo porque unos días después me torcí un tobillo con el borde de la acera.

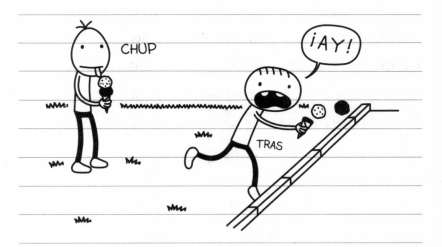

De todos modos Greg dijo que ahora era el momento perfecto para animar la historia con un gran GIRO inesperado en la trama. Pensé que el vampiro ya ERA un cambio sustancial pero ahora tendré que inventar algo todavía MEJOR.

CAPÍTULO 11

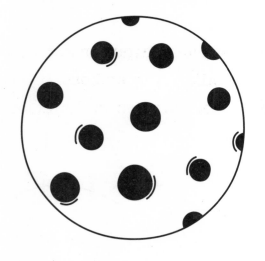

El grupo viajaba por la noche y dormía
durante todo el día y los horarios de sueño
de todos estaban totalmente alterados solo
para que el vampiro pudiera ir CON ellos.
Y lo cierto es que no APORTABA nada al
grupo salvo que se valorara el hecho de
que no MORDIERA a nadie.

Roland les dijo a todos que tuvieran las
manos libres para empuñar sus armas
por si les tendían una emboscada. Pero
Shae'Vana y el vampiro no le hicieron
demasiado caso.

Una noche la luna llena asomó por detrás de una nube y el vampiro empezó a hacer cosas RARAS.

Luego se transformó en un HOMBRE LOBO a la vista de todo el mundo.

La Zurda tuvo que sujetar al hombre lobo para que no le HICIERA DAÑO a nadie. Y cuando la luna desapareció detrás de otra nube el hombre lobo volvió a ser un vampiro.

Entonces Christoph les contó a todos la historia de cómo se había CONVERTIDO en hombre lobo.

Así que resulta que este chico sufría una DOBLE maldición. Y parecía que eso lo hacía TODAVÍA más atractivo para Shae'Vana.

Christoph dijo que cuando había luna llena
tenía que permanecer en el interior de un
lugar cubierto si no quería que eso siguiera
sucediendo. Eso implicaba que no podían
viajar de noche NI de día. Aquello molestó
de verdad a Roland porque su mamá ya
había esperado DEMASIADO.

Roland se llevó a Shae'Vana a un lado y le
preguntó qué le parecería si abandonaban
a aquel tipo porque estaba resultando ser un
problema. Pero ella dijo que «aquel tipo» tenía
NOMBRE y su nombre era CHRISTOPH.

Entonces el Mago Tuerto dijo que conocía una
manera de ACABAR con la doble maldición
del vampiro.

Dijo que un rubí del cetro del Hechicero Blanco tenía el poder de REVERTIR los conjuros mágicos, y que si conseguían robarlo tal vez pudieran devolverle a Christoph la condición de PERSONA normal.

Roland le recordó a todo el mundo que el principal objetivo de la misión era rescatar a su MAMÁ y que si el vampiro se curaba aquello solo sería un EXTRA. Pero nadie lo escuchó porque toda la conversación pasó a girar en torno al RUBÍ.

El Mago Tuerto dijo que ni siquiera llegando a la Fortaleza de Hielo podrían pasar al INTERIOR porque lo rodeaba un MURO gigantesco.

Shae'Vana preguntó a Roland si ella podía examinar el MAPA. Entonces echó su aliento sobre la sección que mostraba la Fortaleza de Hielo y Roland pensó que su aliento era fresco como hojas de menta mojadas en miel.

Unos segundos más tarde aparecieron en el mapa varios caracteres de escritura mágica élfica y Shae'Vana dijo que indicaban una ENTRADA SECRETA a la Fortaleza de Hielo.

Todos estaban muy emocionados pero acordaron que sería buena idea descansar un poco antes de realizar el asalto final a la Fortaleza de Hielo.

Roland estaba ESPECIALMENTE alterado y tenía problemas para DORMIR. En un momento dado fue a coger el mapa porque quería echar un vistazo a esa llamativa escritura élfica y tal vez para comprobar si aún olía a menta y miel.

Pero si pensaron que lo del hombre lobo era el gran giro argumental inesperado estaban muy EQUIVOCADOS. Porque cuando Roland quiso mirar el mapa este había DESAPARECIDO.

Roland despertó a Sherlock Holmes para pedirle
que averiguara quién se lo había LLEVADO.
Y Sherlock Holmes comenzó a buscar PISTAS.

En primer lugar, dijo que había huellas de pisadas
de elfo que conducían al saco de dormir de
Roland. En segundo lugar, Shae'Vana estaba en
paradero DESCONOCIDO. Así que Sherlock Holmes
dijo que Shae'Vana era quien había cogido el mapa
y que tal vez lo hizo para ir a robar el RUBÍ.

A todos les asombró la rapidez con que
Sherlock Holmes había resuelto el misterio.
Y él dijo que no quería presumir pero que ese
caso había sido muy fácil.

A Greg le encantó el giro argumental pero exigió que se le atribuyera el MÉRITO porque él era quien había dicho que la elfa podría ser una LADRONA. Sin embargo no DESEABA reconocimiento alguno porque no quería afrontar las CONSECUENCIAS.

Greg dijo que las chicas se van a enfurecer si resulta que la atractiva elfa es MALA. Añadió que cuando se publique el libro las turbas desfilarán por delante de mi jardín y NO PODRÉ salir a la calle.

Y eso me puso nervioso porque acababa de empezar otra vez con las clases de claqué y tenía que salir de casa los martes y jueves por la tarde.

Greg dijo que existe un riesgo al crear un personaje que caiga bien a todo el mundo y este se pase al lado OSCURO.

Dijo que a lo mejor una mujer embarazada leía medio libro y decidía ponerle a su bebé el nombre de Shae'Vana, para luego enterarse de que su hija se llama como una DELINCUENTE.

Dije que al final de la historia Shae'Vana puede aprender la lección y decirles a los chicos que robar está MAL. Pero él respondió que eso es una cursilada y que la gente seguiría ENOJADA.

Decidí que ser un autor trae muchos problemas y dije que en lo sucesivo me limitaría a bailar claqué. Pero Greg dijo que no podía retirarme AHORA porque la historia aún no se había TERMINADO.

Greg dijo que lo estoy haciendo todo BIEN pero tengo que añadir más DRAMA.

Greg me explicó que los personajes deberían empezar a discutir y también atacarse los unos a los otros porque a la gente le encantan las PELEAS.

Dije que si el grupo funciona tan bien es porque todos son AMIGOS y se CAEN GENIAL entre ellos. Pero Greg dijo que si todo el mundo siempre se lleva bien entonces a nadie le IMPORTARÁ lo que pase con los personajes.

Añadió que se supone que es una historia de AVENTURAS repleta de peligros y sin embargo no hay HERIDOS. Le recordé a Greg que a Roland le había salido una ampolla en el capítulo 3 pero Greg dijo que aquello no era una herida sino un simple caso de primeros auxilios.

Así que dije que la ampolla se podía INFECTAR pero Greg dijo que nadie querría leer un libro sobre el historial médico de Roland.

Dijo que si DE VERAS quería darle emoción a la historia tendría que MATAR a uno de los protagonistas. Pero no me gustaba ESA idea porque haría que la gente se pusiera TRISTE.

Dijo que una buena historia debe hacerte sentir un MONTÓN de emociones y que si consigo que los lectores estén tristes solo estaré haciendo mi TRABAJO. Después Greg dijo que en las historias como esta SIEMPRE muere alguien y que me bastaba con elegir un personaje que no me importara demasiado.

Dije que me gustaban TODOS mis personajes y que no quería que muriera NINGUNO de ellos. Pero Greg me dijo que si quiero ser un AUTÉNTICO escritor tendré que aprender a tomar decisiones difíciles.

CAPÍTULO 12

Resultó que el mapa no era lo ÚNICO que había robado la elfa. El Mago Tuerto había puesto su ojo de cristal junto a su almohada al irse a dormir y ahora TAMPOCO estaba.

El Mago Tuerto entonces explicó que su ojo tenía propiedades MÁGICAS y que le permitía ver aunque estuviera lejos de él. Pero añadió que la elfa debía de habérselo metido en el BOLSILLO o algo así porque no podía ver absolutamente NADA.

Roland le preguntó al mago cómo se las iba arreglar puesto que no le quedaba ningún ojo y el mago dijo que estaría bien porque podía apañarse con su sentido del olfato.

Pero había desaparecido OTRA cosa y era la BOLSA de Roland.

Y esa era una noticia realmente mala porque
ahí dentro había mucha comida y suministros.
Así que el grupo miró en la bolsa de Garg
para comprobar si él tenía algo de comida.
Pero lo único que había llevado para el viaje
era un montón de pesas para ejercitarse.

Entonces todos entraron en PÁNICO porque
estaban en medio de la nada y sin nada nada
que COMER. Todos empezaron a discutir
sobre quién tenía la CULPA de que les
hubieran robado sus cosas.

El vampiro dijo que la culpa era de ROLAND
por haber dejado el mapa a la vista. Y el
mago culpó a Sherlock Holmes por no haber
sospechado ANTES que la elfa era una ladrona.
Pero Sherlock Holmes respondió que él era
un DETECTIVE y que solo resolvía los delitos
DESPUÉS de producirse.

Entonces el vampiro comenzó a gimotear
porque su NOVIA lo había abandonado.
Y Roland sintió auténtica LÁSTIMA por él.*

* Pero no mucha.

De pronto estalló una PELEA entre Stephen y Garg, así que Roland tuvo que castigarlos a AMBOS.

A Roland le apenaba que sus amigos se pelearan pero TAMBIÉN le apenaba sentir que no estaba haciendo un buen trabajo como LÍDER. Así que confeccionó un buzón de sugerencias y les dijo a todos que introdujeran sus comentarios por la ranura.

Y aunque Roland les pidió que opinaran con sinceridad algunos comentarios hirieron sus sentimientos.

Pero Roland sabía que no podían quedarse ALLÍ o de lo contrario NUNCA rescataría a su mamá. Así que les dijo a todos que reunieran sus cosas porque era hora de ponerse en marcha.

A nadie lo volvía loco ESA idea porque sin el MAPA no sabían hacia dónde tenían que IR para proseguir su aventura.

Entonces Sherlock Holmes encontró las
PISADAS de la elfa que conducían al exterior
del campamento. Dijo que podían seguir su rastro
y eso les indicaría el camino hacia la Fortaleza
de Hielo. Y en vista de que nadie tenía un plan
MEJOR eso fue lo que hicieron.

Las huellas de la elfa condujeron al grupo por
una llanura de hierba y a un maizal desde donde
partía una senda que lo atravesaba. Pero el
sendero era intrincado y había muchos sitios
en que se dividía y tomaba diferentes direcciones.

Sherlock Holmes intentó seguir el rastro de la elfa
pero era DIFÍCIL porque las pistas se superponían
unas con otras en varios lugares.

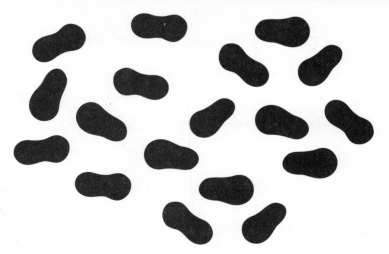

Sherlock Holmes se detuvo y les dijo a todos
que los habían ENGAÑADO. Dijo que se trataba
de un LABERINTO y que la elfa se había
metido allí porque sabía que la SEGUIRÍAN.

Ahora estaban EXTRAVIADOS. Roland no
sabía qué hacer así que cerró los ojos y
le pidió AYUDA a Abu el Bravo. Y unos
segundos más tarde Roland escuchó un
sonido crujiente en el maizal.

¡Y se trataba del FANTASMA DE ABU!

Abu tomó un ramal del sendero y Roland y los suyos procuraron mantenerse cerca de él. Siguieron a Abu todo el camino hasta la salida del laberinto y luego le dieron las gracias antes de que se desvaneciera en el maizal.

Sherlock Holmes recuperó el rastro de la elfa
al otro lado del maizal y las huellas conducían
a un abrupto cañón en el que había un río
de LAVA.

Era demasiado ancho para pasarlo de un salto
y Roland sabía que no debía pedir ayuda a Abu
dos veces en el mismo día.

Pero la Zurda sujetó a todos y los fue
transportando de uno en uno a la otra orilla
del río de lava.

En cuanto el último miembro del grupo estuvo a salvo del río de lava un GÉISER se disparó y derribó a la mano mágica.

No podían hacer otra cosa que observar cómo la Zurda decía adiós a medida que se sumergía en la lava ardiente y desaparecía de la vista.

Greg dijo que estaba ORGULLOSO de mí
por escribir esa última escena porque todo
el mundo iba a ENLOQUECER cuando la viera
en los cines.

Dijo que la parte de Abu el Bravo resultaba
algo extraña porque la gente no suele
pedirles ayuda a sus abuelos fallecidos. Pero
le respondí a Greg que a veces cuando pierdo
cosas pido ayuda a MI Abu para encontrarlas
y él siempre me AYUDA.

¡ABU!

Greg dijo que quería hablar sobre qué personaje sería el SIGUIENTE en morir. Dijo que podría ser Stephen porque realmente no estaba aportando nada a la historia.

Dije que NADIE más iba a morir porque la historia YA era demasiado triste. Greg me dijo que YA no puedo volverme atrás porque el libro está llegando muy cerca de su fin y las cosas a partir de aquí tienen que ponerse más y más SERIAS.

Pero creo que necesito un DESCANSO de todo este material serio así que ahora pienso contar la historia tal y como yo DESEO contarla.

CAPÍTULO 13

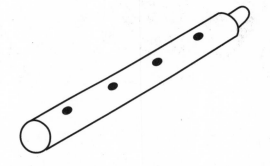

Todos estaban realmente tristes por la Zurda y se pasaron mucho rato llorando en la orilla del río de lava. Pero Roland parecía el más afectado porque la Zurda era probablemente su segunda mejor amiga después de Garg.

El Mago Tuerto pronunció un conjuro que hizo aparecer OTRA mano mágica pero todo el mundo estuvo de acuerdo en que no era la misma, sobre todo porque se trataba una mano DERECHA.

Sherlock Holmes recuperó el rastro de la elfa
y el grupo lo siguió hasta el exterior del cañón.
Pero la pista llevaba a unas dunas y desaparecía
en la arena.

Así que ahora estaban perdidos DE VERDAD.
Y cuando la luna llena salió el vampiro se volvió
un hombre lobo y esta vez todos pensaron que
era una PESADEZ.

A la tercera noche la luna comenzó
a CAMBIAR de fase así que al menos no
tendrían que aguantar más al vampiro
transformándose en hombre lobo.

El grupo vagó durante dos noches por las dunas
de arena buscando el rastro de la elfa pero no lo
ENCONTRARON. Y sobrevivieron con los frutos
de los cactus y algunos insectos repugnantes que
la mano Diestra encontraba debajo de las rocas.

Roland estaba preocupado porque no sabía
cuánto tiempo podrían resistir así. Una noche
llegaron a un río sinuoso y acamparon allí.
Y mientras Roland estaba sentado junto al
fuego el Mago Tuerto se acercó y se sentó
a su lado.

El mago le dijo a Roland que la noche siguiente la luna entraría en cuarto menguante y eso significaba que el Hechicero Blanco convertiría a la mamá de Roland en su REINA.

Eso hizo entristecer mucho a Roland porque aunque se había esforzado en llegar a tiempo había FRACASADO. Y ahora iba a haber un invierno ETERNO y su papá estaría REALMENTE disgustado con él.

Así que Roland caminó por la orilla del río
y sacó su flauta del bolsillo y tocó una
melodía triste.

De pronto Roland oyó un chapoteo y vio a una
SIRENA sentada sobre una roca a la luz
de la luna.

La sirena dijo que le había gustado la canción
de Roland pero que quizás todavía debía
practicar MUCHO. Y Roland le preguntó si era
la Sirenita y ella dijo que sí pero que no
era la de Disney.

La Sirenita se acercó a Roland nadando
y ambos mantuvieron una agradable charla.

Roland le contó a la Sirenita un chiste de los
suyos y ella se RIO. Y Roland estaba seguro
de que no estaba fingiendo.

Luego se pusieron a hablar de mujeres
famosas a quienes ambos admiraban como
Amelia Earhart y Jane Goodall y la que
investigó la radiactividad.

Pero Roland decía que la mujer a la que MÁS
admiraba era su mamá.

Roland se puso TRISTE porque a lo mejor no volvería a VERLA nunca más.

La Sirenita quería saber lo que le había pasado a su mamá así que él le contó toda la historia desde el principio. Pero a Roland no le importó porque la Sirenita sabía escuchar muy bien.

Cuando Roland terminó la Sirenita le dijo que aquel río llevaba directamente a la Fortaleza de Hielo y si seguía su curso llegaría en pocos DÍAS.

Pero Roland le dijo que unos pocos días era demasiado TIEMPO porque a la noche siguiente la luna estaría en cuarto creciente.

Así que la Sirenita sacó SU flauta y tocó una melodía alegre. Y Roland pensó que era extraño que se pusiera a tocar la flauta en aquel momento pero la canción le gustaba así que no dijo nada.

Unos segundos más tarde un NARVAL apareció en la superficie del agua.

La Sirenita le dijo a Roland que el narval era
AMIGO suyo y podría llevarlo a la Fortaleza
de Hielo antes de que saliera la luna
creciente.

Entonces Roland le habló de su grupo
y dijo que no podía ir sin ELLOS. Así que
ella tocó MÁS música y entonces acudieron
MÁS narvales. Y poco después Roland
y sus amigos iban rumbo a la Fortaleza
de Hielo.

Estaba muy orgulloso de este capítulo porque me gustaba cómo enseña a los chicos que si les hacen caso a sus papás y practican con sus instrumentos les pasarán cosas buenas.

Además me gustaba muchísimo la parte de los narvales y le dije a Greg que podríamos poner uno en la CUBIERTA.

Pero Greg dijo que era un capítulo HORRIBLE y que yo iba de tener que hacer un MONTÓN de cambios.

Greg me dijo que lo de los narvales era un poco INFANTIL y que si poníamos uno en la portada entonces solo los niños pequeños comprarían el libro. Y dijo que no quería estar a cargo de un puñado de chiquillos en nuestras firmas de libros.

Pero yo dije que me GUSTABAN los narvales. Así que Greg dijo que podríamos hacer una versión del libro para los lectores más pequeños con un narval en la portada.

Greg dijo que debería sustituir el narval por algo más CHÉVERE como un caballito de mar porque así les gustará a los chicos MAYORES.

Dije que no había caballitos de mar en la historia pero Greg dijo que no IMPORTABA porque en cuanto alguien compra el libro ya tienes su dinero.

Luego Greg me dijo que ni siquiera es tan IMPORTANTE lo que ocurra en el libro porque DE TODOS MODOS quien se encargue de hacer la película seguro que lo cambiará todo.

Greg dijo que van a tener que hacer la
historia mucho más ATREVIDA para que
a los adolescentes les resulte atractiva.
Después dijo que tal vez sustituyan a
Roland por alguien que le doble la edad
y diga muchas palabrotas.

Dije pues a lo mejor no vale la pena
HACER una película si resulta que van
a cambiarlo todo.

Y Greg dijo que si no va a haber película entonces podía despedirme de los videojuegos y fragancias personales y disfraces de Halloween y meriendas para niños en los restaurantes de comida rápida.

Le dije a Greg que eso no me importaba porque yo solo estaba tratando de divertirme y de usar mi imaginación y ahora todo se estaba COMPLICANDO demasiado.

Y Greg dijo que si no íbamos a intentar hacer dinero con el libro entonces no me ayudaría a TERMINARLO. Y para ser sinceros eso TAMPOCO me importaba.

CAPÍTULO 14

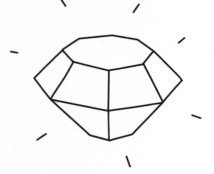

Los narvales llevaron a Roland y a sus amigos durante todo el trayecto hasta la costa congelada de la Fortaleza de Hielo.

El grupo de Roland dio las gracias a la Sirenita y a los narvales por haberlos conducido hasta allí. Y cuando Roland se despidió de la Sirenita le dio un apretón adicional en la mano para hacerle saber que la consideraba una persona ESPECIAL.

APRETÓN

La Fortaleza de Hielo estaba rodeada por un grueso muro tal y como el Mago Tuerto les había ANTICIPADO. Roland y su grupo comenzaron a buscar la entrada secreta pero como no tenían el mapa ni siquiera sabían por dónde EMPEZAR.

Entonces el Mago Tuerto se detuvo en seco. Dijo que su ojo de cristal mágico se debía de haber caído del bolsillo de la elfa porque de repente podía ver EXACTAMENTE dónde estaba ella.

Estaba muy cerca de allí buscando la PUERTA
secreta.

El Mago Tuerto dijo que tenían que darse PRISA
y encontrar la puerta antes que la ELFA.
Así que el mago y Roland corrieron para
adelantarse al resto del grupo.

Corrieron y corrieron a lo largo del muro de hielo y
encontraron el ojo de cristal mágico tirado sobre el
suelo congelado. Pero la elfa se había MARCHADO.

El Mago Tuerto dijo que tal vez ella hubiera
encontrado la puerta secreta y que entonces para
ellos ya era demasiado TARDE. Y eso hizo que
Roland se sintiera realmente triste. Además
estaba muy cansado de correr tanto así que se
apoyó en la pared mientras recuperaba el aliento.

Entonces la parte del muro donde Roland
había puesto la mano comenzó a BRILLAR
y se produjo un tremendo estrépito.

¡Era la puerta secreta! Después de que se
abriera, Roland y el mago se adentraron
en un túnel.

Caminaron a ciegas por el túnel hasta que
a lo lejos empezó a aparecer una luz.
Y cuando llegaron al final Roland supo que
se hallaban en la SALA DEL TRONO del
Hechicero Blanco.

El Hechicero Blanco estaba sentado en su
trono pero Roland no vio a su MAMÁ.

Roland llevaba mucho tiempo esperando ese momento pero ahora estaba tan asustado que ni siquiera podía MOVERSE.

Sin embargo el Mago Tuerto NO ESTABA asustado. Salió del túnel de un salto y se plantó frente al Hechicero Blanco con su varita mágica levantada. Pero el Hechicero Blanco se echó a REÍR.

¡JO JO JO!

Roland pensó que aquella risa le resultaba extrañamente FAMILIAR. Y entonces se dio cuenta de que el Hechicero Blanco era SANTA CLAUS.

Roland estaba totalmente CONFUSO así que
le preguntó al Mago Tuerto qué estaba
ocurriendo. El Mago Tuerto se lo explicó
TODO y era una larga historia.

El Mago Tuerto dijo que Santa Claus era su
HERMANO. Y cuando ambos eran pequeños
sus papás les dieron a escoger a cada uno
una FIESTA que los representara.

El Mago Tuerto dijo que como Santa era un
niño muy mimado fue el PRIMERO en elegir
y por supuesto se llevó la MEJOR fecha.

Y cuando el Mago Tuerto eligió SU día festivo
solo consiguió una fecha que no le IMPORTABA
a nadie.

Así que Santa Claus se hizo famoso en
el mundo entero porque su fiesta era
ESPECTACULAR pero el Mago Tuerto no pudo
conseguir que la gente se interesara en su
fecha por mucho que lo intentara.

Y luego perdió un ojo porque no tuvo cuidado al agitar una bandera y DESDE ENTONCES planea vengarse de su hermano.

El Mago Tuerto dijo que sabía que nunca podría desafiar a Santa Claus en el Polo Norte porque sus elfos lo PROTEGÍAN. Pero TAMBIÉN sabía que Santa solía ir a la Fortaleza de Hielo para descansar durante los meses de verano y por eso trazó un plan para atacarlo ALLÍ.

El Mago Tuerto dijo que el único PROBLEMA era que la Fortaleza de Hielo estaba protegida por un MURO gigante y solo se podía entrar a través de una entrada secreta.

Roland le dijo al Mago Tuerto que ya CONOCÍA esa parte pero lo que el mago le dijo a CONTINUACIÓN fue una auténtica sorpresa.

El Mago Tuerto dijo que solo una persona que tuviera el corazón puro podría ABRIR la puerta secreta. Y se había pasado AÑOS buscando a alguien así.

Entonces un día el Mago Tuerto estaba mirando por su bola de cristal y descubrió a un niño que era bueno y amable y quería mucho a sus papás. Y ese niño era ROLAND.

El Mago Tuerto sabía que si engañaba a Roland haciéndole pensar que habían secuestrado a su mamá él emprendería un viaje para SALVARLA. Y eso lo conduciría directamente a la Fortaleza de Hielo y a la puerta secreta.

Así que el Mago Tuerto provocó una tormenta de nieve en la aldea de Roland y cuando su mamá se dirigió a la tienda para comprar una pala para la nieve hipnotizó a su vecina la señora Picajosa para que le contara a Roland una historia inventada sobre un Hechicero Blanco. Y así fue como EMPEZÓ todo ese lío.

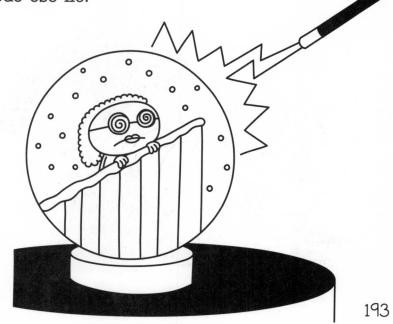

Luego dijo que la historia de la supuesta boda
del Hechicero Blanco y un invierno eterno
era una enorme MENTIRA.

Al principio Roland estaba FELIZ porque eso
significaba que su mamá estaba a salvo y
seguro que había vuelto a casa. Pero se puso
TRISTE porque sabía que sus papás debían
de estar PREOCUPADÍSIMOS por él.

Y eso INDIGNÓ a Roland. Así que decidió
desenvainar su espada y avanzó hacia
el Mago Tuerto. Pero ahora era el turno
del Mago Tuerto de reírse a carcajadas.
Y su RISA ni siquiera era tan simpática
como la de su hermano.

El Mago Tuerto dijo que para EMPEZAR había escogido a Roland porque era un chico demasiado AMIGABLE y no iba a pelear. Y Roland sabía que el mago tenía RAZÓN.

Pero ahora SANTA estaba enojado y NO TENÍA miedo de pelear.

Santa se levantó de su trono y empleó su cetro para lanzar bolas de nieve contra el Mago Tuerto. Pero el Mago Tuerto estaba PREPARADO para eso y las detuvo con un ESCUDO mágico.

Entonces el Mago Tuerto le RESPONDIÓ arrojando BOLAS DE FUEGO con su varita mágica. Pero Santa BLOQUEÓ las bolas de fuego haciendo caer del techo carámbanos de hielo.

ZUM
ZUM
ZUM

Por fin el Mago Tuerto y Santa Claus
estaban cara a cara y se atacaban con
todo lo que TENÍAN. Y Roland estaba
preocupado porque parecía que Santa estaba
PERDIENDO.

ZAP

Pero justo en el momento en que parecía que el Mago Tuerto iba a VENCER, salió volando una flecha de LA NADA e hizo caer la varita mágica de su mano.

Y Roland no daba crédito a sus ojos cuando vio quién la había DISPARADO.

Shae'Vana lanzó tres flechas MÁS contra el Mago Tuerto y clavó su túnica a la pared de hielo así que no se podía MOVER.

Roland le dijo a Santa Claus que tuviera cuidado porque creía que Shae'Vana iba a dispararle ACTO SEGUIDO. Pero Santa no tenía NADA de miedo. De hecho parecía muy contento de VERLA.

Ahora Roland estaba más confuso que NUNCA. Pero Santa y Shae'Vana le explicaron lo que estaba pasando. Y TAMBIÉN era largo de contar.

Santa le dijo a Roland que Shae'Vana era una de sus mejores fabricantes de juguetes y cuando ella estaba de vacaciones Medusa la había convertido en una estatua de piedra. Entonces le dio las gracias a Roland por haberla SALVADO.

Shae'Vana dijo que se había dado cuenta de que el Mago Tuerto era el HERMANO de Santa desaparecido mucho tiempo atrás y sabía que tenía que avisar a su jefe de que estaba en PELIGRO. Y se apoderó del MAPA para que el mago no pudiera encontrar la entrada secreta.

Luego dijo que sabía que robar está MAL
y quiso disculparse ante los chicos a cuyos
oídos pudiera llegar el asunto.

Como todos estaban distraídos HABLANDO
no se dieron cuenta de que el Mago Tuerto se
había quitado la túnica y se había situado detrás
de ellos. Y ahora empuñaba el CETRO de Santa.

El Mago Tuerto intentó pulverizar a Santa
con el cetro pero ERRÓ el disparo y EN SU
LUGAR abrió varios agujeros a través de las
heladas paredes de la sala del trono.

Y así entraron los AMIGOS de Roland.

Se abalanzaron sobre el Mago Tuerto y por
un momento parecía que iban a GANAR
los buenos.

Pero justo entonces la mágica mano Diestra
abrió un agujero en el tejado y el techo se
vino abajo.

Luego la mano mágica los recogió a todos del suelo y los sujetó con su puño sudoroso. Roland estaba SEGURO de que aquello era la PERDICIÓN de todos. La mano los estrujó más y más y Roland pensó que aquello debía ser el FIN.

Pero justo antes de que se le acabara el oxígeno ocurrió un MILAGRO.

¡Era la MAMÁ de Roland!

El Mago Tuerto estaba tan sorprendido que perdió la CONCENTRACIÓN. Y eso hizo que la mano mágica aflojara la PRESIÓN sobre Roland y sus amigos.

Ahora el Mago Tuerto estaba MUY enojado y centró la atención en la mamá de Roland. Levantó la varita mágica y dio unos pasos hacia ella.

Pero Roland quería mucho a su mamá así que por nada del mundo permitiría que le SUCEDIERA nada malo.

Todo el mundo estaba la mar de IMPRESIONADO, sobre todo la MAMÁ de Roland. Pero Roland sabía que su espada mágica Jeremy tenía el poder de convertir a los malos en BUENOS. Y eso fue exactamente lo que HIZO.

El Mago Tuerto se disculpó entonces con todo el mundo por hacer sido tan malo y ellos lo PERDONARON.

Roland le preguntó a su mamá cómo lo había ENCONTRADO y ella respondió que por la NOTA que él había dejado para cuando su papá regresara a casa. Y le dio las gracias por ser un hijo tan considerado.

He ido a rescatar a mamá del Hechicero Blanco.
-R

Santa dijo que aunque no fuera Navidad
tenía preparados un montón de REGALOS
especiales para todos ellos.

A la mamá de Roland le dio una bonita
pulsera y a Garg un certificado para un
salón de bronceado. Sherlock Holmes obtuvo
una flamante lupa y el Mago Tuerto recibió
una bandera con el palo terminado en una
bola de goma para su seguridad. Y Stephen,
un alegre jersey con un orificio cortado
expresamente para sus ubres.

Luego Santa Claus añadió que tenía un regalo EXTRA especial para Roland y le entregó la caja más grande de TODAS.

Pero la caja estaba VACÍA excepto por una nota de papel enrollado en el fondo. Así que Roland lo desplegó y leyó lo que estaba escrito en el rollo.

Si una persona tiene amigos entonces ya tiene el mejor de los regalos.

Roland pensó que la nota estaba bien y todo eso pero para ser sinceros habría preferido que le regalaran algún JUGUETE nuevo. Pero Roland era un chico educado y no dijo nada porque no quería herir los sentimientos de Santa Claus.

Resultó que la nota era solo una BROMA y que todo el mundo estaba ENTERADO.

Y Roland no sabía qué sentir al respecto porque aquello era parecido al ACOSO.

Luego Santa levantó la espada de Roland y le pidió que se inclinara sobre una rodilla. Santa dijo que Roland se había probado a sí mismo en su misión así que merecía un nuevo NOMBRE.

Entonces tocó con la espada los dos hombros de Roland y lo armó caballero con el nombre de Roland el Amable.

Roland SEGUÍA prefiriendo un juguete, pero su mamá y sus amigos estaban realmente orgullosos de él así que eso lo hizo sentirse mucho mejor por lo de la broma con la nota y también porque Santa no le hubiera regalado nada.

Santa Claus le preguntó al vampiro si quería revertir su doble maldición pero Christoph dijo que le GUSTABA ser un vampiro hombre lobo porque las chicas piensan que es CHÉVERE.

Entonces Shae'Vana le dijo a Santa que iba a tomarse un tiempo para viajar con Christoph porque sus vacaciones se le habían hecho muy cortas por culpa de todo el asunto de Medusa.

Todo el mundo se despidió de Christoph y Shae'Vana y les deseó suerte. Y Roland se alegró por ellos.*

Sherlock Holmes y Stephen les dijeron a todos que iban a formar un equipo para resolver crímenes juntos. Así que todos les desearon suerte también.

* Esta vez de verdad

Y Santa Claus llevó de vuelta a casa en su trineo mágico a los que QUEDABAN.

Cuando llegaron a la casa de Roland el Mago Tuerto le dijo adiós e insistió en lo mucho que lamentaba haber causado tantos problemas.

Pero Roland se dio cuenta de la tristeza del mago
por tener que marcharse así que le preguntó si
quería quedarse a vivir con él y con sus papás.
Y la mamá de Roland dijo que el Mago Tuerto
podría dormir en la antigua habitación de Abu.

Así que todo terminó bien para todos, y la
Navidad de aquel año fue la mejor que se
RECUERDA.

FIN

REALMENTE no quería enseñarle este capítulo a Greg porque suponía que haría comentarios negativos sobre todo lo relacionado con Santa Claus. Sin embargo a Greg le ENCANTÓ.

Dijo que el último capítulo era GENIAL porque podríamos vender el libro como un cuento de NAVIDAD. Y dijo que esa clase de libros tienen un GRAN éxito durante las vacaciones.

Yo estaba un poco preocupado porque
no todo el mundo celebra la Navidad y no
quería que nadie se sintiera excluido. Así
que Greg dijo que podríamos hacer muchas
versiones diferentes de modo que la
historia sirviera para TODO EL MUNDO.

La otra cosa que Greg dijo que deberíamos
hacer de inmediato era registrar la palabra
«amable». Y entonces si alguien la usara en
SUS historias tendría que pagarnos una
tonelada de dinero.

Pero creo que dejaré que GREG se encargue de todas esas cosas. Lo cierto es que no me IMPORTA si este libro se publica porque como ya he dicho lo he escrito para MÍ.

Bueno no SOLO para mí. Espero que a mi mamá y a mi papá también les guste. De hecho creo que voy a hacer que mi papá me lo lea esta noche a la hora de dormir. Porque realmente me chifla cómo hace diferentes voces para todos los personajes cuando me lee cuentos.

Y si por casualidad me quedara dormido en la cama de mis papás en mitad de la lectura, tampoco me importaría.

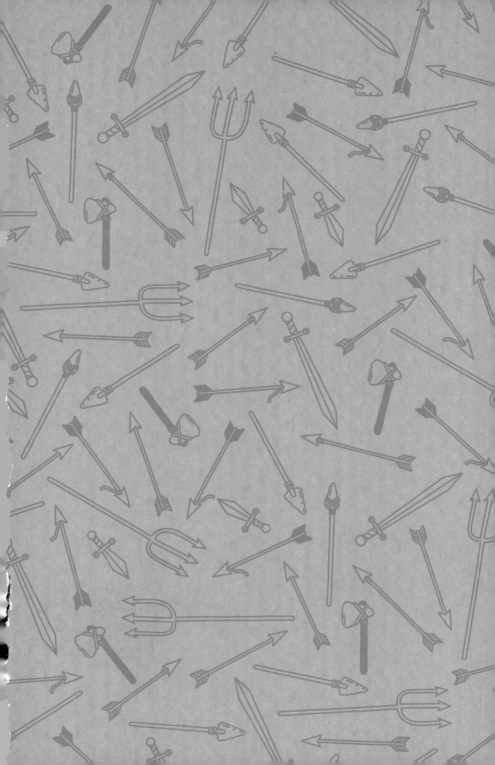

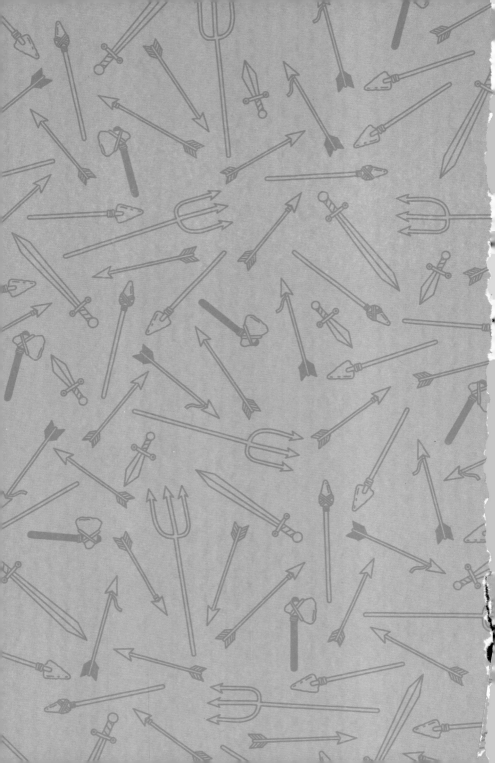